Ye

21/01

L'ELOGE

DE

IESVS

EN VERS,

OV

PARAPHRASE

fur les Litanies de fon

Saint Nom.

A DIION,

Chez la Vefve P. Chavance , Imprimeur or-
dinaire du Roy au petit Iesvs. 1667,

Avec Permiffion.

SIT NOMEN DOMINI.

LITANIES
DV S. NOM
DE IESVS.

I.   Kyrie eleiſon, Chriſte eleiſon,
Kyrie eleiſon.

G Rand Dieu, qui ſans appuy ſoûtiens le poids
du monde,
Qui ſans te remuer, fais mouvoir tous les Cieux,
Qui ſans êclat és toûjours glorieux,
Et qui de rien as fait la terre & l'onde:
Toy, qui d'un coup de main peux diſſiper les airs,
Qui peux priver d'ardeur les plus ardents êclairs,
Et tiens les Elemens d'accord par leur diſcorde:
Eſtens ſur nous tes pouvoirs liberaux,
Et verſe les threſors de ta miſericorde
Sur tes pauvres ſujets qui ſont remplis de maux.

II. Chriſte audi nos, Chriſte exaudi nos.

Monarque imperieux , incomparable image,
Caractere eternel , vray miroir du vray Dieu,
    Bras qui peux tout, en tout têps, en tout lieu,
    Auguſte éclat d'un immortel viſage:
Toy , de qui l'onction te rend maître des Roys,
Qui les fais tous plier ſous le joug de tes loys,
Et qui portes toûjours la divine Couronne:
    Oy nos ſoûpirs , des plus ſublimes Cieux,
Et du feu ſans chaleur , qui ton chef environne,
Fais deſcendre ſur nous tes rayons lumineux.

III.   Pater de cœlis Deus.

Pere , qui d'un regard contemplant ta ſubſtance,
Produis un fils unique , auſſi parfait que toy,
    Et loin du ſort de la commune loy,
    Luy donnes tout ſans nulle dependance:
Inviſible Soleil , qui dans l'eternité,
Eclaires ſans rayons ta propre majeſté,
Et qui ſans dire mot , formes ton Verbe auguſte:
    Engendre en nous ton amour precieux,
Et par les beaux effets d'un pere aimable & juſte;
Conduis tes chers enfans au ſejour bien-heureux.

IV. Fili Redemptor mundi Deus.

Redempteur des humains, fils d'eternelle race,
Heritier immortel de ton pere vivant,
  Soleil, qui n'as ny coucher, ny levant,
  Principe seul, de nature & de grace:
Parole de celuy, qui n'a jamais parlé,
Modele de la terre, & du Ciel êtoilé,
Seul Enfant, qui n'es point plus jeune que ton Pere:
  Ie suis à toy, car tu m'as racheté,
Ne permets donc jamais, ô Sauveur debonnaire,
Que je renonce au droit que tu m'as merité.

V. Spiritus Sancte Deus.

Esprit, qui sans nul souffle inspires les fideles,
Vent puissant, qui conduis les vaisseaux de la mer,
  Astre, qui peux les orages calmer,
  Et nous conduire aux palmes immorteles:
Nœud du Pere & du Fils, amour de tous les deux,
Boucle, qui les conjoints d'un lien lumineux,
Et qui par indivis de tous les deux procedes:
  Repand sur nous un esprit plein d'ardeur,
Et voyant tous nos maux, donne-nous des remedes,
Pour chasser loin de nous la mortelle tiedeur.

A 3

VI.   Sancta Trinitas unus Deus.

Augufte Trinité , qui portes des Couronnes,
Plus brillantes que l'or , & que les diamants,
       Et qui joüis des plaifirs plus charmants,
       Que ne font ceux des royales perfonnes:
Pere , qui creas tout , par ton bras tout puiffant,
Fils , qui rachetas tout , par ton fang innocent,
Efprit , qui regles tout par ta haute fageffe:
       Gouverne nous en ce trifte fejour,
Et de ton cœur remply de force & de tendreffe,
Comble nous des effets de ton divin amour.

VII.   Iefu Fili Dei vivi.

IESVS , l'unique Fils d'un Pere , qui fans mere
T'engendra dans fon fein , même avant Lucifer,
       Et qu'on a veu noblement triompher,
       En une Croix , fur le mont de Calvaire:
Tu vis fans nul peril dans ton Palais doré,
Au delà des frimats ; & du Ciel azuré,
Et ta vie eft fixée en l'eternité même :
       Delivre-nous des injures du fort,
Et pouffé du motif de ton amour extreme,
Fais nous vaincre l'horreur d'une funefte mort.

VIII. Iesu potentissime.

Souverain Roy des Cieux, qui d'un coup de tonerre,
Peux foudroyer les morts avecque les vivants,
    Qui fais regner les éclairs & les vents,
    Et d'un regard peux étonner la terre:
Toy, qui dans un moment armes des bataillons,
Qui fais naître de rien d'horribles tourbillons,
Et qui peux perdre tout sans faire aucune armée:
    Ne roidis point ton effroyable bras,
Contre un homme mortel, qui n'est rien que fumée,
Et qui court sans cesser, de la vie au trépas.

IX. Iesu fortissime.

Guerrier, dont le courage a fait toute l'histoire,
Invincible Heros, dompteur de l'Vnivers,
    De qui la main a forcé les Enfers,
    Et rêtably le Palais de la gloire:
Toy, qui fais tremousser les terribles vainqueurs,
Qui d'uu seul ton de voix intimides les cœurs,
Et donnes de la crainte à toute la nature:
    Fay nous marcher sur l'orage des temps,
Et pour vaincre le fort en toute conjoncture,
Donne à tous tes Soldats des courages constants.

X.   Iesu perfectissime.

O le plus accomply de tous les saints Ouurages,
Qui contiens tous les traits de la perfection,
Ouvrage saint, dont toute l'action
Est un exemple aux ames les plus sages:
Original sacré des plus nobles Vertus,
Qui vis dans tes combats les ennemis battus,
Et qui mis sous les fers les troupes infernales:
Captive-nous sous tes aimables loix,
Et par les beaux presens de tes mains liberales,
Rends-nous dés maintenant amateurs de la Croix.

XI.   Iesu gloriosissime.

Prince remply de gloire, aux Cieux & sur la terre,
Dont le sceptre vaut plus que ceux de tous les Roys,
Châqu'un respecte & reconnoît tes droits,
En écoutant le seul bruit du tonnerre:
Même dans tes affronts, & parmy tes mépris
Tu paroissois plus haut que ne sont les esprits,
Lorsque tu travaillois pour le bien de nos ames:
De tes grãdeurs rends nous tous amoureux,
Et nous donnant icy les ardeurs de tes flammes,
Comble nous de ta grace, & fay nous bien-heureux.
XII.

XII. Iefu mirificé.

IESVS, *qui fur les eaux appaifes les tempeftes,*
Qui marches fur les flots, comme fur le cryftal,
Et qui d'un coup dangereux & fatal,
Peux ècrafer les orgueilleufes teftes:
Toy, qui rendois la force & la vigueur aux corps,
Qui méme de ta voix, reffufcitois les morts,
Et qui faifois par tout de brillantes merveilles:
Ecoute-nous, & prends pitié des tiens,
Accours vers les mortels, ouvre leur tes oreilles,
Exauce leurs defirs, & les remply de biens.

XIII. Iefu jucundiffime.

Amant, dont les plaifirs n'ont rien eu d'impudique,
Et de qui l'amertume eft plus douce que miel,
Qui nous remplis des delices du Ciel,
Par les faveurs de ta main magnifique:
Toy, qui comme les Roys divertis les plus grands,
Ou par de beaux emplois, ou par d'illuftres rangs,
Ou par de faints amours, ou par de doux fpectacles:
Des plus hauts Cieux, ècoute nos defirs,
Donne-nous ton fecours, fay pour nous des miracles,
Et conduy-nous bien-tôt aux celeftes plaifirs.

B

XIV. Iesu charissime.

Incomparable objet, qui par tes puissants charmes,
Peux amollir les cœurs plus durs que le rocher,
    Qui les contraints par force d'approcher,
    Et mettre bas leurs insolentes armes:
O le plus amoureux & plus cher des amants!
Dont le lustre vaut plus que les fins diamants,
Qui ravissent nos yeux par leur bril amirable:
    Ie ne veux plus aimer que tes amours,
Car c'est par leur moyen que ton cœur adorable,
Suspend & tire à soy mon ame & mes discours.

XV. Iesu clarior Sole.

Deifique Soleil, qui brillant de lumiere,
Epanches tes rayons, même en l'obscurité,
    Et qui fais voir ta plus belle clarté,
    Dans les horreurs d'un funeste Calvaire:
Astre toûjours luisant, même estant eclipsé,
Astre toûjours tres-haut, même estant abbaissé,
Astre qui sur la Croix, montres ton grand Domaine:
    I'adore là ta mourante douleur,
Et te voyant soûfrir l'eclipse souveraine,
I'en espere le jour avecque la chaleur.

XVI.   Iesu pulchrior luna.

Seigneur, cent fois plus beau que la lune inconstáte,
Qui dans son char d'argent, en son haut appareil,
N'a jamais eu rien qui te soit pareil,
Quoy que l'histoire ou que la fable en vête:
Toy, qui sans nulle tache, es toûjours innocent,
Toy, qui sans la foiblesse es toûjours tout puissant:
Et qui sans avoir d'ombre es la lumiere même:
Dedans mes nuits, je viens à tes clartez,
Et pleurant devant toy d'une douleur extreme,
Ie demande pardon de mes iniquitez.

XVII.   Iesu splendor stellis.

Astre dont la hauteur surmonte les Estoiles,
Et qui par tes splendeurs & tes éclats divins,
Vas bien plus haut que tous le Seraphins,
Qui devant toy se couvrent de leurs voiles:
Ny le vautour tombant, ny le cœur du lion,
N'y l'espy de la Vierge, ou le bel Orion,
Ne te disputent point la main ny la seance:
Ie me soûmets à tes rayons pompeux,
Et sans rien concevoir contre la bien-seance,
Ie dy que tes clartez luisent plus que les Cieux.

XVIII.   Iesu admirabilis.

Ouvrier, qui tous les jours produisois des miracles,
Soit sur le corps humain, ou dans les Elemens,
    Qui n'as rien fait que de hauts Sacremens,
    Et n'as rien dit que de fameux oracles:
Toy, disje, qui n'estois qu'un miracle animé,
Remply d'un Dieu brillant, de vertus parfumé,
Admirable IESVS *, je t'adore & je t'aime:*
    Ie te regarde en toute humilité,
Et respectant l'éclat de ton pouvoir supreme,
Ie tremble sous les poids de ton autorité.

XIX.   Iesu delectabilis.

IESVS *, de qui l'esprit accablé de tristesse,*
A comblé tous les cœurs de plaisirs merveilleux,
    Et dont le fiel nous est delicieux,
    Par un beau trait de ta rare sagesse
Toy, qui produis l'honneur par des honteux mépris,
Qui par les maux du corps, fais le bien des esprits,
Et par la pauvreté nous remplis d'abondance:
    Fay nous goûter le miel par tes rigueurs,
La douce liberté par ton obeïssance,
Et par ta rude Croix les solides douceurs.

XX.   Iesu honorabilis.

Oeuvre digne d'honneur , au deſſus de tout-eſtre,
La ſplendeur de ton Pere , & de ſa Majeſté,
    Qui dans le temps , & dans l'eternité,
    D'un Dieu vivăt t'es veu doublemĕt naître:
Toy , qui vas dans les airs , ſur les aîles du vent,
Qui meſures le Ciel du coucher au levant,
Et portes ſur trois doigts la maſſe de la terre:
    Imprime en nous des reſpects ſouverains,
Et quand tu produiras les êclats du tonnerre,
Fay nous apprehender les effets de tes mains.

XXI.   Iesu humillime.

Orgueilleux , qui cherchez de ſuperbes conquêtes,
Qui n'avez pour l'honneur , que des deſirs brûlants,
    Qui n'aſpirez qu'à des trônes brillants,
    Et qui voudriez cōmander aux tempêtes:
Venez, conſiderez IESVS *humilié,*
Accablé de mépris , & de chaînes lié,
Quoy qu'il fut des grandeurs la ſource & la meſure:
    Reglez par luy vôtre petit pouvoir,
Et gardez tellement l'ordre de la nature,
Que vous n'êchapiez-point au delà du devoir.

XXII.   Iefu pauperrime.

Riche auaricieux, qui n'as au fond de l'ame,
Que des defirs ardents pour l'argent & pour l'or,
Et qui voudrois poffeder un threfor,
Pour contenter ta paffion infame:
Vien voir IESVS, *privé de tous les beaux atours,*
Quoy qu'il pût êclater dans les plus riches Cours,
Chargé de diamants, & couvert d'ecarlate:
Apprends de luy que les threfors pompeux,
Et que le riche habit qui fur le corps êclate,
N'eft point ce qui peut rendre un homme vertueux.

XXIII.   Iefu mitiffime.

Efprit vindicatif, qui bouffi de colere,
Ne fonges qu'à meurtrir de puiffants ennemis,
Et veux venger ceux qui te font foûmis,
Avec le fer de ton bras fanguinaire,
Approche de IESVS, *& voy fon efprit doux,*
Quoy qu'il foit languiffant, & moulu fous les coups,
Qui prefente fes vœux, pour le Iuif qui le clouë:
Prend ce patron, fois fon imitateur,
Et quand ton ennemy te mettroit fur la roüe,
Laiffe couler fur luy les amours de ton cœur.

XXIV. Iesu patientissime.

Anges qui contemplez IESVS *dans les soufrances,*
Etonnez-vous de voir tant d'étranges douleurs,
Celuy qui peint le Ciel de cent couleurs,
De cent marauts soufre les insolences:
Il pouvoit de sa main perdre ces mal-heureux,
Il pouvoit les meurtrir d'un foudre rigoureux,
Il pouvoit les brûler, & les reduire en cendre:
Et toutefois, ô prodige nouveau!
Quoy que d'un ton de voix il se puisse defendre,
Il se plaît à soufrir le tourment du bourreau.

XXV. Iesu obedientissime.

Seigneur, qui fais des loys à toute la nature,
Et qui veux obeir aux loys du Createur,
Quoy qu'elles soient jointes à la douleur,
Et qu'il te faille endurer la torture:
He! que je suis confus de te voir si puissant,
Et de considerer ton cœur obeissant,
Même lorsque tu peux obtenir des dispenses:
Ne permets-plus que nos cœurs revoltez,
Apportent desormais aucunes resistances,
Lorsqu'il faut pratiquer de Dieu les volontez.

XXVI.   Iesu castissime.

La lune dans le Ciel a des taches impures,
Le bril du diamant a par fois de faux jours,
    Mais tu n'as rien de sale en tes amours,
    Et dans le cœur tu n'as nulles ordures:
Même ton corps estoit plus net que le Soleil,
Qui darde par ses yeux un éclat nompareil,
Et conserve toûjours sans macule ses flammes:
    Rends-nous pareils à ce luisant flambeau,
Et soit en nôtre corps, soit au fond de nos ames,
Fais nous purs comme toy dans ton chaste berceau.

XXVII.   Iesu amator castitatis.

Le seul mot d'amoureux revolte quelques ames,
Mais elles ont à tort cette rebellion,
    Car mon IESVS, sans nulle passion,
    Pour l'esprit pur, sent d'amoureuses flâmes,
Ouy, mon cher Redempteur, je dis la verité,
Quand je t'appelle amant de la pudicité,
C'est cet aimable objet, où tu treuves des charmes,
    Fay-moy donc part d'un pur & chaste cœur,
Afinque je t'attaque avec ces belles armes,
Et qu'estant mon amant, je reste ton vainqueur.

XXVIII.

XXVIII. Iesu amator pacis.

Iamais on n'establit la paix que par la guerre,
Et jamais on ne vient à la tranquillité,
  Que par des coups d'horreur & de fierté,
  Qui font trembler & la mer & la terre:
Tu montres bien Seigneur, que tu cheris la paix,
L'achetant par la guerre, avec de si grands frais,
Et repandant un sang, qui vaut plus que des modes:
  Lors tu donnas tes plus riches thresors,
Car te donnant toy même en tes douleurs profondes,
Tu ne reservas ny l'ame ny le corps.

XXIX. Iesu amator noster.

Si quelque hôme doûtoit que le Sauveur nous aime,
Il faudroit qu'il doûtat si nous a rachetez,
  Même il faudroit doûter de ses bontez,
  Qui toutefois ont un êclat extreme:
Il faudroit dementir ses illustres bien-faits,
Il faudroit estre aveugle à tous ses interests,
Il faudroit asseurer que la Bible est un songe:
  Les Sacremens seroient sans aucun fruit,
La verité prendroit le masque du mensonge,
Et le jour deviendroit comme une obscure nuit.

         C

XXX.   Iesu speculum vitæ.

Beau miroir , où l'on peut considerer sa vie,
Et prendre le patron , pour ajuster ses meurs.
Pour contenir ses fougueuses heumeurs,
Et chasser loin les mouvemens d'envie,
Infallible miroir , où dans deux ou trois traits,
On voit avec éclat les plus charmants attraits,
Qui peuvent amorcer les innocentes ames:
C'est un miroir brûlant & lumineux,
Qui produit la splendeur avec des saintes flammes,
Et qui par ses ardeurs fait les cœurs genereux.

XXXI.   Iesu exemplar morum.

Dieu qui regne la haut sur un trône invisible,
Voulant estre icy bas un bel original,
Et nous servir d'un illustre fanal,
Est devenu corporel & sensible:
Nous voyons un Sauveur , qui dans l'estat mortel,
Nous fait contretirer un estat eternel,
Couronnant les vertus par la perseverance:
Prodige estrange & tout miraculeux!
Dieu s'estant fait pour nous un hôme en son enfance,
Tous les hommes par luy sont faits de petits Dieux.

XXXII.　　Iesu zelator animarum.

Qu'il te faisoit beau voir, mon IESVS *adorable,*
Lorsque tu travaillois d'un visage enflammé,
　　D'un œil brillant, & d'un cœur animé,
　　Pour convertir le pecheur execrable:
He! quelle sainte ardeur ne nous montres tu pas?
En disant tant de mots, en faisant tant de pas,
Soit parmy tes discours, ou bien dans tes voyages:
　　　Tantôt par pleurs, tantôt par oraison,
Tu calmois du haut Ciel les terribles orages,
Et chassois du mortel un immortel poison.

XXXIII.　　Iesu refugium nostrum.

Qu'on ne me parle plus de quelques forteresses,
Qui servoient de refuge au viel temps de la Loy,
　　I'ay maintenant un adorable Roy,
　　Qui sert d'azile aux ames pecheresses:
C'est là qu'il faut aller en son affliction,
C'est là qu'il faut courir avecque passion,
C'est là qu'il faut voler avec impatience:
　　　Ce vice est lors une belle vertu,
Quand-on marche à celuy dont l'auguste puissance,
Peut seule relever un esprit abbatu.

XXXIV.   Iesu pater pauperum.

Pere des mal-heureux, qui par ta providence,
Entretiens la misere & la necessité,
     Pour enrichir les cœurs de charité,
      Et des vertus nous donner l'abondance:
Ie ne fais nul estat de l'argent ny de l'or,
Ie meprise l'eclat d'un illustre thresor,
Puisque des indigens tu veux estre le Pere:
     La qualité de ton Fils bien-aimé,
Que tu me veux donner avecque la misere,
Me vaut plus qu'un thresor brillant & parfumé.

XXXV.   Iesu consolatio afflictorum.

Pauvres consolez vous au milieu des soufrances,
Et n'apprehendez plus le funeste mal-heur,
     IESVS, sera vôtre consolateur,
      Quand vous serez pressez de violences:
C'est parmy les tourmens qu'il se faut réjouir,
Puisque c'est en ce temps qu'on peut de Dieu jouïr,
Recevant des douceurs, qui ne se peuvent dire:
     Tourmente moy IESVS, par la douleur,
Et fay moy, si tu veux, soufrir un long martyre,
Pour veu que tu me sois un doux consolateur.

XXXVI. Iesu thesaurus fidelium.

Volontiers je renonce à toute la richesse,
Pour veu que dans mon cœur je conserve la foy,
Et que je garde, ô mon IESVS *, ta loy!*
Qui me conduit à la pure sagesse:
Ouy Seigneur, volontiers je quitte les rubis,
Ie laisse franchement les superbes habits,
Les portiques d'azur, & les salons de pompe:
Ie deviendray plus riche en quittant l'or,
Car si je quitte ainsi la richesse qui trompe,
Avec la foy, j'auray mon Sauveur pour thresor.

XXXVII. Iesu gemma pretiosa.

Grand Roy, ton juste prix est inapreciable,
Tes attraits sont plus forts que celuy de l'aymant,
Ton bril vaut plus que celuy du diamant,
Et le ruby ne t'est point comparable:
L'escarboucle vaut moins que ton teint merveilleux,
L'esmeraude n'a rien comme toy d'amoureux,
Tu l'emportes beaucoup au dessus de l'agathe:
Bref, il n'est point de pyrope éclatant,
Quand il seroit plus beau qu'un rouge d'écarlate,
Qui soit comme ton feu precieux & constant.

XXXVIII Iesu armarium perfectionis.

O le beau cabinet, d'où les ames bien-faites!
Tirent les grands èclats de leurs perfections,
    Et d'où les Saints ont les brillans rayons,
    Qui dans le Ciel environnent leurs testes:
Les Apôtres Zelez, les sublimes Docteurs,
Les Martyrs embraZez, les brillants Confesseurs,
Luy doivent rendre tous de souvrains hommages:
    Car leurs beautez sans luy seroiët laideurs,
Leurs jours les plus serains n'auroiët que des orages,
Et tous leurs feux sacreZ ne seroient que froideurs.

XXXIX.   Iesu bone pastor ovium.

Pasteur universel, qui gouvernes la terre,
Qui places tes brebis dans un bercail divin,
    Et les nourris d'une viande & d'un vin,
    Qui valent tout ce que le monde enserre:
Toy, qui ne craignis point la fureur ny les coups,
Quand-il fallut combattre & les sauver des loups,
Et qui donnas ta vie afin de les defendre:
    Guarenti-nous du funeste mal-heur,
Et si les loups d'enfer viënent pour nous surprendre,
Garde-nous avec soin comme le bon Pasteur.

XL.   Iesu stella maris.

Nous sommes, grand IESVS *, attaquez des tēpètes,*
Nous rencontrons par tout des perils sur la mer,
    Les rudes flots nous font presque abîmer,
    Et les carreaux grondent dessus nos testes:
Même la sombre nuit nous remplit de terreurs,
Nous sommes effrayez des spectres pleins d'horreurs,
Les écueils & les bancs menassent nôtre vie:
    Astre qui peux par tes aspects sacrez,
Delivrer les humains de l'orage & l'envie,
Sauve-nous de ces flots , & rend nous asseurez.

XLI.   Iesu lux vera

Lumiere, qui nâquis devant la belle aurore,
Dans un jour merveilleux qui precede le temps,
    Qui par tes brils augustes & constants,
    Eclaires tout ce que le Ciel colore:
Toy , qui même as pouvoir d'êclairer les esprits,
Qui voyant tes êclats , en demeurent surpris,
Et comme tous pâmez en gardent le silence:
    Eclaire-nous de ton rayon divin,
Et par les mouvemens de ton intelligence,
Transporte-nous là haut , jusqu'au bien souverain.

XLII. Iesu sapientia æterna.

Verbe incomprehensible , adorable sagesse,
Qui sortant de ton Pere avecque majesté,
 Répans l'êclat même en l'eternité,
 Et dans le temps remplis tout de richesse,
Les plus sçavants du siecle ont des yeux chassieux,
Lorsqu'il desirent voir ton lustre precieux,
Sans garder le respect , qu'ils doivent à ton estre:
 Ces orgueilleux , & ces pauvres errants,
Sont contraints d'avoüer qu'en qualité de Maître,
Tu les peux enseigner comme des ignorans.

XLIII. Iesu bonitas infinita.

Seigneur, dont les amours n'ont point eu de mesure,
En creant les hauts Cieux , & les bas elements,
 Qui comblas tout de tant d'ajustements,
 Qu'on peut cönoître un Dieu par la nature:
Toy, de qui la bonté , pour nous mieux secourir,
A passé jusque là , qu'elle t'a fait mourir,
Par des traits animez de fureur & d'envie:
 Il falloit bien que ton amour fut haut,
Puisqu'il t'a fait quitter une si noble vie,
En te faisant monter sur un tel eschaffaut.

      XLIV.

XLIV. Iesu gaudium Angelorum.

Anges , qui remuez les voutes azurées,
Esprits qui sans nul corps , goûtez le pur plaisir.
Vous qui donnez le cœur & le desir,
Au saint employ des loüanges sacrées:
N'oubliez point IESVS *dans vos Cantiques saints,*
Puisque c'est luy qui fait reüssir vos desseins,
Et qui sert de sujet à vôtre belle joye:
Faites pour luy des chants harmonieux,
Et qu'ils soient entendus de ceux qui sont en voye,
Puisqu'il vous a placez dans le sejour des Cieux.

XLV. Iesu Rex Patriarcharum.

Patriarches fameux , de qui les avantures,
Ont esté des crayons de tous nos Sacrements,
Qui par vôtre être, & par vos mouvemens,
Marquiez au vray du Sauveur les figures:
Souvenez-vous qu'il est vôtre invincible Roy,
Qu'il peut vous affranchir , & vous donner la loy,
Et qu'il étend par tout son auguste domaine:
Il regne au Ciel sur tous les bien-heureux,
Il punit aux enfers d'une main souveraine,
Et sur terre il triomphe , ainsi que dans les Cieux.

D

XLVI. Iesu inspirator Prophetarum.

Vous qui parmy les nuits, n'aviez que des lumieres,
Qui montriez des splendeurs dans leurs obscuritez,
Qui n'êpandiez que d'illustres clartez,
Pour donner jour aux plus sombres mysteres:
Si vous avez connu de Dieu les sentiments,
Si vous avez predit nos pompeux Sacrements,
Si vous avez manqué les secrets de la grace:
Iesvs vous a donné tous ces rayons,
Il conduisoit vos pieds, pour luy marquer sa trace,
Et vous tenoit la main pour faire ces crayons,

XLVII. Iesu Magister Apostolorum.

Disciples, qui sçaviez plus que les autres Maîtres,
Et qui n'ignoriez rien de la terre, ou des cieux,
Qui penetriez les cœurs mysterieux,
Et connoissiez l'état de tous les êtres:
Apôtres du tres-haut, trompettes du vray Dieu,
Qui fites resoner vôtre voix en tout lieu,
Enseignant clairement les obscures matieres:
Si vous avez esté bien-tôt instruits,
C'est Iesvs qui remplit vos esprits de lumieres,
Et fit naître le jour au milieu de vos nuits.

XLVIII. Iesu Doctor Evangelistarũ.

Augustes ècrivains de tous nos Evangiles,
Aigles, qui fixement regardiez le Soleil,
    Vous qui traciez avec tant d'appareil,
    Des mots brillans pour èclairer les Villes:
Princes qui nous mettiez des armes à la main,
Pour donner des assauts au fort du cœur humain,
Et le necessiter à briser des Idoles,
    IESVS *traçoit luy même vos ècrits,*
C'est luy qui vous dictoit ses divines paroles,
Et qui touchant vos cœurs, vous ouvroit les esprits.

XLIX. Iesu fortitudo Martyrum.

Martyrs, de qui le sang sert de pourpre à l'Eglise,
Qui luy donniez le lustre avecque la chaleur,
    Qui confondiez les vices & l'erreur,
    Et qui faisiez de l'univers la crise:
Magnifiques guerriers, qui parmy vos combats,
Iettiez en trépassant, vos ennemis à bas,
Et vous rendiez vainqueurs de l'infidele race:
    Vous n'eussiez point esté victorieux,
Si IESVS, *ne vous eut soûtenus de sa grace,*
Et porté sur sa main vôtre cœur genereux.

L. Iesu lumen Confessorum.

Confesseurs êclairez, lumieres magnifiques,
Flambeaux du tout-Puissant , Soleil imperieux,
Dont les splĕdeurs se portĕt jusqu'au Cieux,
Par vos êcrits & vos voix heroïques:
Si vous voulez sçavoir qui vous a faits Soleils,
Et qui vous a donné ces êclats nompareils,
C'est celuy qui produit la lumiere des Anges:
C'est mon IESVS , qui fait les Confesseurs,
Luy même qui remplit leurs bouches de loüanges,
Et qui leur jette enfin des flammes dans leurs cœurs.

LI. Iesu sponse Virginum.

Vous qui portez des lys êtoffez de lumiere,
Et qui les blanchissez dans le sang de l'Agneau,
Vous dont le corps est pur comme un flĕbeau,
Qui se nourrit de celeste matiere:
Vierges de qui l'esprit par des transports hardis,
S'accouple noblement au Roy du Paradis,
Qui vous traitte déja d'êpouses & d'amantes:
Gardez vous bien de tomber dans l'orgueil,
Car sans vôtre IESVS , & ses graces puissantes,
Vôtre cœur pourriroit comme un puant cercueil.

LII. Iesu corona Sanctorum omnium

Bref, vous tous qui regnez dans l'êtat de la gloire,
Et qui tenez en main de verdoyants lauriers,
Apres avoir, comme vaillants guerriers,
Eternisé vôtre illustre memoire:
Rendez au grand IESVS, des hommages parfaits,
Consacrez luy vos cœurs, & loüez-le à jamais,
Car il est & sera vôtre belle Couronne:
Si vous avez accomply ses desseins,
Et si par le bon-heur dessus vous il rayonne,
C'est luy qui vous a faits des Iustes & des Saints.

LIII. Agnus Dei qui tollis peccata mundi. Parce nobis IESV.

Agneau de Dieu sans tâche, en qui la providence
A placé son pouvoir, pour bannir nos mal-heurs,
Et qui ça bas, par tes rudes douleurs,
As restably de l'homme l'innocence:
Toy, qui sur le Calvaire attaquant les Enfers,
As brisé les liens, & dissipé les fers,
De ceux que le Demon tenoit sous l'esclavage:
Pardonne-nous, & regardant nos pleurs,
Estends sur nous tes mains, pour tirer de l'orage,
Ceux qui pleins de regret te consacrent leurs cœurs.

LIV. Agnus Dei qui tollis peccata mundi. Exaudi nos Iesv.

Tres-innocent Agneau, qui dans les boucheries,
Lorsque de fiers bourreaux t'écorcherent tout vif,
　　　Souffrois leurs coups, comme un libre capti
　　　Sans dire mot parmy tant de furies:
Agneau, qui vis ces loups sans pâmer de frayeur,
Et qui dans le mépris conservas ta grandeur,
Payant avec ton sang nos debtes infinies:
　　　Exauce-nous, oyant nos tristes voix,
Et par ton corps souffrant toutes ces tyrannies,
Rends-nous participans des beaux fruits de la Croix

LV. Agnus Dei qui tollis peccata mundi Miserere nobis Iesv.

Agneau, de qui l'amour vaut autāt que Dieu même
Et qui par tes tourments plus cruels que la mort,
　　　As rehaussé du Paradis le fort,
　　　Et témoigné ta puissance supreme:
Pasteur, qui pour tirer les hommes du tombeau,
As voulu devenir un debonnaire Agneau,
Souffrant la cruauté, l'horreur & l'insolence:
　　　Regarde-nous, & de ton tribunal,
Prends pitié des mortels, poussé par ta cl　en
Et delivre-nous de l'abîme infernal.
F I N.

PERMISSION.

VEu par Nous Iᴇᴀɴ-Bᴀᴘᴛɪsᴛᴇ Bᴇʀɴᴀʀᴅ
Gᴏɴᴛɪᴇʀ Preſtre, Docteur en Theologie,
Prevôt & Chanoine de la Sainte Chapelle du
Roy à Dijon, Vicaire General de Monſeigneur
l'Illuſtriſſime & Reverendiſſime Evêque & Duc
de Lengres, Pair de France, & Grand Aumô-
nier de la Reine, *l'Eloge de* Iᴇsᴠs *en Vers, ou Pa-*
raphraſe ſur les Litanies de ſon Saint Nom, Nous
en avons permis l'Impreſſion. Fait à Dijon
le 9. Septembre 1667.

GONTIER Vic. General.

www.ingramcontent.com/pod-product-compliance
Lightning Source LLC
Chambersburg PA
CBHW060906180626
46818CB00004B/1844